O Judas em sábado de aleluia

Martins Pena

Copyright © 2013 da edição: Editora DCL – Difusão Cultural do Livro

Equipe DCL – Difusão Cultural do Livro

DIRETOR EDITORIAL: Raul Maia

Equipe Eureka Soluções Pedagógicas

REVISÃO DE TEXTOS: Joana Carda Soluções Editoriais

Texto em conformidade com as novas regras ortográficas do Acordo da Língua Portuguesa

Dados Internacionais de Catalogação na Publicação (CIP)
(Câmara Brasileira do Livro, SP, Brasil)

Pena, Martins, 1815-1848.
O Judas em sábado de aleluia / Martins Pena. --
São Paulo : DCL, 2013. -- -- (Clássicos literários)

ISBN 978-85-368-1641-8

1. Teatro brasileiro I. Título. II. Série.

13-01029 CDD-869.92

Índices para catálogo sistemático:
1. Teatro : Literatura brasileira 869.92

Impresso na Índia

Editora DCL – Difusão Cultural do Livro
(11) 3932-5222
www.editoradcl.com.br

Sumário

- CENA I 6
- CENA II 10
- CENA III 11
- CENA IV 12
- CENA V 16
- CENA VI 17
- CENA VII 19
- CENA VIII 20
- CENA IX 21
- CENA X 22
- CENA XI 24
- CENA XII 27

Comédia em 1 ato

PERSONAGENS

JOSÉ PIMENTA, cabo-de-esquadra da Guarda Nacional
CHIQUINHA e MARICOTA, suas filhas
LULU, 10 anos
FAUSTINO, empregado público
AMBRÓSIO, capitão da Guarda Nacional
ANTÔNIO DOMINGOS, velho, negociante
Meninos e moleques

A cena passa-se no Rio de Janeiro, no ano de 1844.

ATO ÚNICO

Sala em casa de JOSÉ PIMENTA. Porta no fundo, à direita, e à esquerda uma janela; além da porta da direita uma cômoda de jacarandá, sobre a qual estará uma manga de vidro e dois castiçais de casquinha. Cadeiras e mesa. Ao levantar do pano, a cena estará distribuída da seguinte maneira: CHIQUINHA sentada junto à mesa, cosendo; MARICOTA à janela; e no fundo da sala, à direita da porta, um grupo de quatro meninos e dois moleques acabam de aprontar um judas, o qual estará apoiado à parede. Serão os seus trajes casaca de corte, de veludo, colete idem, botas de montar, chapéu armado com penacho escarlate (tudo muito usado), longos bigodes, etc. Os meninos e moleques saltam de contentes ao redor do judas e fazem grande algazarra.

CENA I

[LULU, CHIQUINHA, MARICOTA e meninos]

CHIQUINHA – Meninos, não façam tanta bulha...
LULU, *saindo do grupo* – Mana, veja o judas como está bonito! Logo quando aparecer a Aleluia, havemos de puxá-lo para a rua.
CHIQUINHA – Está bom; vão para dentro e logo venham.
LULU, *para os meninos e moleques* – Vamos pra dentro; logo viremos, quando aparecer a Aleluia. (*Vão todos para dentro em confusão.*)
CHIQUINHA, *para Maricota* – Maricota, ainda te não cansou essa janela?
MARICOTA, *voltando a cabeça* – Não é de tua conta.
CHIQUINHA – Bem o sei. Mas, olha, o meu vestido está quase pronto; e o teu, não sei quando estará.
MARICOTA – Hei de aprontá-lo quando quiser e muito bem me parecer. Basta de seca – cose, e deixa-me.
CHIQUINHA – Fazes bem. (*Aqui Maricota faz uma mesura para [a] rua, como a pessoa que a cumprimenta depois a fazer acenos com o lenço.*) Lá está ela no seu fadário! Que viva esta minha irmã só para namorar! É forte mania! A todos faz festa, a todos namora...
MARICOTA, *retirando-se da janela* – O que tu estás a dizer, Chiquinha?
CHIQUINHA – Eu? Nada.
MARICOTA – Sim! Agarra-te bem à costura; vive sempre como vives, que hás de morrer solteira.
CHIQUINHA – Paciência.
MARICOTA – Minha cara, nós não temos dote, e não é pregada à cadeira que acharemos noivo.
CHIQUINHA – Tu já o achaste pregada à janela?
MARICOTA – Até esperar não é tarde. Sabes tu quantos passaram hoje por esta rua, só para me verem?
CHIQUINHA – Não.
MARICOTA – O primeiro que vi, quando cheguei à janela, parado no canto, foi aquele tenente dos Permanentes, que tu bem sabes.
CHIQUINHA – Casa-te com ele.
MARICOTA – E por que não, se ele quiser? Os oficiais dos Permanentes têm bom soldo. Podes te rir.
CHIQUINHA – E depois do tenente, quem mais passou?
MARICOTA – O cavalo rabão.
CHIQUINHA – Ah!

MARICOTA – Já te não mostrei aquele moço que anda sempre muito à moda, montado em um cavalo rabão, e que todas as vezes que passa cumprimenta com ar risonho e esporeia o cavalo?
CHIQUINHA – Sei quem é – isto é, conheço-o de vista. Quem é ele?
MARICOTA – Sei tanto como tu.
CHIQUINHA – E o namoras sem o conheceres?
MARICOTA – Oh, que tola! Pois é preciso conhecer-se a pessoa a quem se namora?
CHIQUINHA – Penso que sim.
MARICOTA – Estás muito atrasada. Queres ver a carta que ele me mandou esta manhã pelo moleque? *(Tira do seio uma cartinha.)* Ouve: *(lendo:)* "Minha adorada e crepitante estrela!" *(Deixando de ler:)* Hem? Então?...
CHIQUINHA – Continua.
MARICOTA, *continuando a ler* – "Os astros que brilham nas chamejantes esferas de teus sedutores olhos ofuscaram em tão subido ponto o meu discernimento, que me enlouqueceram. Sim, meu bem, um general quando vence uma batalha não é mais feliz do que eu sou! Se receberes os meus sinceros sofrimentos serei ditoso, e se não me corresponderes, serei infeliz, irei viver com as feras desumanas da Hircânia, do Japão e dos sertões de Minas – feras mais compassivas do que tu. Sim, meu bem, esta será a minha sorte, e lá morrerei... Adeus. Deste que jura ser teu, apesar da negra e fria morte. – O mesmo". *(Acabando de ler:)* Então, tem que dizer a isto? Que estilo! Que paixão!...
CHIQUINHA, *rindo-se* – É pena que o menino vá viver por essas brenhas com as feras da Hircânia, com os tatus e tamanduás. E tu acreditas em todo este palanfrório?
MARICOTA – E por que não? Têm-se visto muitas paixões violentas. Ouve agora esta outra. *(Tira outra carta do seio.)*
CHIQUINHA – Do mesmo?
MARICOTA – Não, é daquele mocinho que está estudando latim no Seminário de S. José.
CHIQUINHA – Namoras também a um estudante de latim?! O que esperas deste menino?
MARICOTA – O que espero? Não tens ouvido dizer que as primeiras paixões são eternas? Pois bem, este menino pode ir para S. Paulo, voltar de lá formado e arranjar eu alguma coisa no caso de estar ainda solteira.
CHIQUINHA – Que cálculo! É pena teres de esperar tanto tempo...
MARICOTA – Os anos passam depressa, quando se namora. Ouve: *(lendo:)* "Vi teu mimoso semblante e fiquei enleado e cego, cego a ponto de não poder estudar minha lição." *(Deixando de ler:)* Isto é de criança. *(Continua a ler.)* "Bem diz o poeta latino: *Mundus a Domino constitutus est*". *(Lê estas palavras com dificuldade e diz:)* Isto eu não entendo; há de

ser algum elogio... *(Continua a ler.)* "... *constitutus est*. Se Deus o criou, foi para fazer o paraíso dos amantes, que como eu têm a fortuna de gozar tanta beleza. A mocidade, meu bem, é um tesouro, porque *senectus est morbus*. Recebe, minha adorada, os meus protestos. Adeus, encanto. *Ego vocor – Tibúrcio José Maria.*" *(Acabando de ler:)* O que eu não gosto é escrever-me ele em latim. Hei de mandar-lhe dizer que me fale em português. Lá dentro ainda tenho um maço de cartas que te poderei mostrar; estas duas recebi hoje.

CHIQUINHA – Se todas são como essas, é rica a coleção. Quem mais passou? Vamos, dize...

MARICOTA – Passou aquele amanuense da Alfândega, que está à espera de ser segundo escriturário para casar-se comigo. Passou o inglês que anda montado no cavalo do curro. Passou o Ambrósio, capitão da Guarda Nacional. Passou aquele moço de bigodes e cabelos grandes, que veio da Europa, aonde esteve empregado na diplomacia. Passou aquele sujeito que tem loja de fazendas. Passou...

CHIQUINHA, *interrompendo* – Meu Deus, quantos?... E a todos esses namoras?

MARICOTA – Pois então? E o melhor é que cada um de per si pensa ser o único da minha afeição.

CHIQUINHA – Tens habilidade! Mas dize-me, Maricota, que esperas tu com todas essas loucuras e namoros? Que planos são os teus? *(Levanta-se.)* Não vês que te podes desacreditar?

MARICOTA – Desacreditar-me por namorar! E não namoram todas as moças? A diferença está em que umas são mais espertas do que outras. As estouvadas, como tu dizes que eu sou, namoram francamente, enquanto as sonsas vão pela calada. Tu mesma, com este ar de santinha – anda, faze-te vermelha! – talvez namores, e muito; e se eu não posso assegurar, é porque tu não és sincera como eu sou. Desengana-te, não há moça que não namore. A dissimulação de muitas é que faz duvidar de suas estrepolias. Apontas-me porventura uma só, que não tenha hora escolhida para chegar à janela, ou que não atormente ao pai ou à mãe para ir a este ou àquele baile, a esta ou àquela festa? E pensas tu que é isto feito indiferentemente, ou por acaso? Enganas-te, minha cara, tudo é namoro, e muito namoro. Os pais, as mães e as simplórias como tu é que nada veem e de nada desconfiam. Quantas conheço eu, que no meio de parentes e amigas, cercadas de olhos vigilantes, namoram tão sutilmente, que não se pressente! Para quem sabe namorar tudo é instrumento: uma criança que se tem ao colo e se beija, um papagaio com o qual se fala à janela, um mico que brinca sobre o ombro, um lenço que volteia na mão, uma flor que se desfolha – tudo, enfim! E até quantas vezes o namorado desprezado serve de instrumento para se namorar a outrem! Pobres tolos, que levam a culpa e vivem logrados, em

proveito alheio! Se te quisesse eu explicar e patentear os ardis e espertezas de certas meninas que passam por sérias e que são refinadíssimas velhacas, não acabaria hoje. Vive na certeza, minha irmã, que as moças dividem-se em duas classes: sonsas e sinceras... Mas que todas namoram.
CHIQUINHA – Não questionarei contigo. Demos que assim seja, quero mesmo que o seja. Que outro futuro esperam as filhas-famílias, senão o casamento? É a nossa senatoria, como costumam dizer. Os homens não levam a mal que façamos da nossa parte todas as diligências para alcançarmos este fim; mas o meio que devemos empregar é tudo. Pode ele ser prudente e honesto, ou tresloucado como o teu.
MARICOTA – Não dizia eu que havia sonsas e sinceras? Tu és das sonsas.
CHIQUINHA – Pode ele nos desacreditar, como não duvido que o teu te desacreditará.
MARICOTA – E por quê?
CHIQUINHA – Namoras a muitos.
MARICOTA – Oh, essa é grande! Nisto justamente é que eu acho vantagem. Ora dize-me, quem compra muitos bilhetes de loteria não tem mais probabilidade de tirar a sorte grande do que aquele que só compra um? Não pode do mesmo modo, nessa loteria do casamento, quem tem muitos amantes ter mais probabilidade de tirar um para marido?
CHIQUINHA – Não, não! A namoradeira é em breve tempo conhecida e ninguém a deseja por mulher. Julgas que os homens iludem-se com ela e que não sabem que valor devem dar aos seus protestos? Que mulher pode haver tão fina, que namore a muitos e que faça crer a cada um em particular que é o único amado? Aqui em nossa terra, grande parte dos moços são presunçosos, linguarudos e indiscretos; quando têm o mais insignificante namorico, não há amigos e conhecidos que não sejam confidentes. Que cautelas podem resistir a essas indiscrições? E conhecida uma moça por namoradeira, quem se animará a pedi-la por esposa? Quem se quererá arriscar a casar-se com uma mulher que continue depois de casada as cenas de sua vida de solteira? Os homens têm mais juízo do que pensas; com as namoradeiras divertem-se eles, mas não se casam.
MARICOTA – Eu to mostrarei.
CHIQUINHA – Veremos. Dá graças a Deus se por fim encontrares um velho para marido.
MARICOTA – Um velho! Antes quero morrer, ser freira... Não me fales nisso, que me arrepiam os cabelos! Mas para que me aflijo? É-me mais fácil... Aí vem meu pai! *(Corre e assenta-se à costura, junto à mesa.)*

CENA II

[JOSÉ PIMENTA e MARICOTA]
Entra JOSÉ PIMENTA com a farda de cabo-de-esquadra da Guarda Nacional, calças de pano azul e barretão – tudo muito usado.

PIMENTA, *entrando* – Chiquinha, vai ver minha roupa, já que estás vadia. *(Chiquinha sai.)* Está muito bom! Está muito bom! *(Esfrega as mãos de contente.)*
MARICOTA, *cosendo* – Meu pai sai?
PIMENTA – Tenho que dar algumas voltas, a ver se cobro o dinheiro das guardas de ontem. Abençoada a hora em que eu deixei o ofício de sapateiro para ser cabo-de-esquadra da Guarda Nacional! O que ganhava eu pelo ofício? Uma tuta-mea. Desde pela manhã até alta noite sentado à tripeça, metendo sovela daqui, sovela dacolá, cerol pra uma banda, cerol pra outra; puxando couro com os dentes, batendo de martelo, estirando o tirapé – e no fim das contas chegava apenas o jornal para se comer, e mal. Torno a dizer, feliz a hora em que deixei o ofício para ser cabo-de-esquadra da Guarda Nacional! Das guardas, das rondas e das ordens de prisão faço o meu patrimônio. Cá as arranjo de modo que rendem, e não rendem pouco... Assim é que é o viver; e no mais, saúde, e viva a Guarda Nacional e o dinheirinho das guardas que vou cobrar, e que muito sinto ter de repartir com ganhadores. Se vier alguém procurar-me, dize que espere, que eu já volto. *(Sai.)*

CENA III

[MARICOTA], *só* – Tem razão; são milagres! Quando meu pai trabalhava pelo ofício e tinha um jornal certo, não podia viver; agora que não tem ofício nem jornal, vive sem necessidades. Bem diz o capitão Ambrósio que os ofícios sem nome são os mais lucrativos. Basta de coser. *(Levanta-se.)* Não hei de namorar o agulheiro, nem casar-me com a almofada. *(Vai para a janela. Faustino aparece na porta do fundo, donde espreita para a sala.)*

CENA IV

[FAUSTINO e MARICOTA]

FAUSTINO – Posso entrar?
MARICOTA, *voltando-se* – Quem é? Ah, pode entrar.
FAUSTINO, *entrando* – Estava ali defronte na loja do barbeiro, esperando que teu pai saísse para poder ver-te, falar-te, amar-te, adorar-te, e...
MARICOTA – Deveras!
FAUSTINO – Ainda duvidas? Para quem vivo eu, senão para ti? Quem está sempre presente na minha imaginação? Por quem faço eu todos os sacrifícios?
MARICOTA – Fale mais baixo, que a mana pode ouvir.
FAUSTINO – A mana! Oh, quem me dera ser a mana, para estar sempre contigo! Na mesma sala, na mesma mesa, no mesmo...
MARICOTA, *rindo-se* – Já você começa.
FAUSTINO – E como hei de acabar sem começar? *(Pegando-lhe na mão:)* Decididamente, meu amor, não posso viver sem ti... E sem o meu ordenado.
MARICOTA – Não lhe creio: muitas vezes está sem me aparecer dois dias, sinal que pode viver sem mim; e julgo que pode também viver sem o seu ordenado, porque...
FAUSTINO – Impossível!
MARICOTA – Porque o tenho visto passar muitas vezes por aqui de manhã às onze horas e ao meio-dia, o que prova que gazeia sofrivelmente, que leva ponto e lhe descontam o ordenado.
FAUSTINO – Gazear a repartição o modelo dos empregados? Enganaram-te. Quando lá não vou, é ou por doente, ou por ter mandado parte de doente...
MARICOTA – E hoje que é dia de trabalho, mandou parte?
FAUSTINO – Hoje? Ah, não me fales nisso, que me desespero e alucino! Por tua causa sou a vítima a mais infeliz da Guarda Nacional!
MARICOTA – Por minha causa?!
FAUSTINO – Sim, sim, por tua causa! O capitão da minha companhia, o mais feroz capitão que tem aparecido no mundo, depois que se inventou a Guarda Nacional, persegue-me, acabrunha-me e assassina-me! Como sabe que eu te amo e que tu me correspondes, não há pirraças e afrontas que me não faça. Todos os meses são dois e três avisos para montar guarda; outros tantos para rondas, manejos, paradas... E desgraçado se lá não vou, ou não pago! Já o meu ordenado não chega. Roubam-me, roubam-me com as armas na mão! Eu te detesto, capitão infernal, és um tirano, um Gengis-

Kan, um Tamerlan! Agora mesmo está um guarda à porta da repartição à minha espera para prender-me. Mas eu não vou lá, não quero. Tenho dito. Um cidadão é livre... enquanto não o prendem.

MARICOTA – Sr. Faustino, não grite, tranquilize-se!

FAUSTINO – Tranquilizar-me! Quando vejo um homem que abusa da autoridade que lhe confiaram para afastar-me de ti! Sim, sim, é para afastar-me de ti que ele manda-me sempre prender. Patife! Porém o que mais me mortifica e até faz-me chorar, é ver teu pai, o mais honrado cabo-de-esquadra, prestar o seu apoio a essas tiranias constitucionais.

MARICOTA – Está bom, deixe-se disso, já é maçada. Não tem que se queixar de meu pai: ele é cabo e faz a sua obrigação.

FAUSTINO – Sua obrigação? E julgas que um homem faz a sua obrigação quando anda atrás de um cidadão brasileiro com uma ordem de prisão metida na patrona, na patrona? A liberdade, a honra, a vida de um homem, feito à imagem de Deus, metida na patrona! Sacrilégio!

MARICOTA, *rindo-se* – Com efeito, é uma ação digna.

FAUSTINO, *interrompendo-a* – ... somente de um capitão da Guarda Nacional! Felizes dos turcos, dos chinas e dos negros de Guiné, porque não são guardas nacionais! Oh!

Porque lá nos desertos africanos
Faustino não nasceu desconhecido!

MARICOTA – Gentes!

FAUSTINO – Mas apesar de todas essas perseguições, eu lhe hei de mostrar para que presto. Tão depressa se reforme a minha repartição, casar-me-ei contigo, ainda que eu veja adiante de mim todos os chefes de legião, coronéis, majores, capitães, cornetas, sim, cornetas, e etc.

MARICOTA – Meu Deus, endoideceu!

FAUSTINO – Então podem chover sobre mim os avisos, como chovia o maná no deserto! Não te deixarei um só instante. Quando for às paradas, irás comigo para me veres manobrar.

MARICOTA – Oh!

FAUSTINO – Quando montar guarda, acompanhar-me-ás...

MARICOTA – Quê! Eu também hei de montar guarda?

FAUSTINO – E o que tem isso? Mas não, não, correria seu risco...

MARICOTA – Que extravagâncias!

FAUSTINO – Quando rondar, rondarei a nossa porta, e quando houver rusgas, fechar-me-ei em casa contigo, e dê no que der, que... estou deitado. Mas, ah, infeliz!...

MARICOTA – Acabou-se-lhe o furor?

FAUSTINO – De que me servem todos esses tormentos, se me não amas?

MARICOTA – Não o amo?!
FAUSTINO – Desgraçadamente, não! Eu tenho cá para mim que a tanto se não atreveria o capitão, se não lhe desses esperanças.
MARICOTA – Ingrato!
FAUSTINO – Maricota, minha vida, ouve a confissão dos tormentos que por ti sofro. *(Declamando:)* Uma ideia esmagadora, ideia abortada do negro abismo, como o riso da desesperação, segue-me por toda a parte! Na rua, na cama, na repartição, nos bailes e mesmo no teatro não me deixa um só instante! Agarrada às minhas orelhas, como o náufrago à tábua de salvação, ouço-a sempre dizer: – Maricota não te ama! Sacudo a cabeça, arranco os cabelos *(faz o que diz)* e só consigo desarranjar os cabelos e amarrotar a gravata. *(Isto dizendo, tira do bolso um pente, com o qual penteia-se enquanto fala.)* Isto é o tormento da minha vida, companheiro da minha morte! Cosido na mortalha, pregado no caixão, enterrado na catacumba, fechado na caixinha dos ossos no dia de finados ouvirei ainda essa voz, mas então será furibunda, pavorosa e cadavérica, repetir: – Maricota não te ama! *(Engrossa a voz para dizer estas palavras.)* E serei o defunto o mais desgraçado! Não te comovem estas pinturas? Não se te arrepiam as carnes?
MARICOTA – Escute...
FAUSTINO – Oh, que não tenha eu eloquência e poder para te arrepiar as carnes!...
MARICOTA – Já lhe disse que escute. Ora diga-me: não lhe tenho eu dado todas as provas que lhe poderia dar para convencê-lo do meu amor? Não tenho respondido a todas suas cartas? Não estou à janela sempre que passa de manhã para a repartição, e às duas horas quando volta, apesar do Sol? Quando tenho alguma flor ao peito, que ma pede, não lha dou? Que mais quer? São poucas essas provas de verdadeiro amor? Assim é que paga-me tantas finezas? Eu é que me deveria queixar...
FAUSTINO – Tu?
MARICOTA – Eu, sim! Responda-me, por onde andou, que não passou por aqui ontem, e fez-me esperar toda [a] tarde à janela? Que fez do cravo que lhe dei o mês passado? Por que não foi ao teatro quando eu lá estive com Da. Mariana? Desculpe-se, se pode. Assim é que corresponde a tanto amor? Já não há paixões verdadeiras. Estou desenganada. *(Finge que chora.)*
FAUSTINO – Maricota...
MARICOTA – Fui bem desgraçada em dar meu coração a um ingrato!
FAUSTINO, *enternecido* – Maricota!
MARICOTA – Se eu pudesse arrancar do peito esta paixão...
FAUSTINO – Maricota, eis-me a teus pés! *(Ajoelha-se, e enquanto fala, Maricota ri-se, sem que ele veja.)* Necessito de toda a tua bondade para ser perdoado!
MARICOTA – Deixe-me.
FAUSTINO – Queres que morra a teus pés? *(Batem palmas na escada.)*

MARICOTA, *assustada* – Quem será? *(Faustino conserva-se de joelhos.)*
CAPITÃO, *na escada, dentro* – Dá licença?
MARICOTA, *assustada* – É o capitão Ambrósio! *(Para Faustino:)* Vá--se embora, vá-se embora! *(Vai para dentro, correndo.)*
FAUSTINO *levanta-se e vai atrás dela* – Então, o que é isso?... Deixou--me!... Foi-se!... E esta!... Que farei?... *(Anda ao redor da sala como procurando aonde esconder-se.)* Não sei onde esconder-me... *(Vai espiar à porta, e daí corre para a janela.)* Voltou, e está conversando à porta com um sujeito; mas decerto não deixa de entrar. Em boas estou metido, e daqui não... *(Corre para o judas, despe-lhe a casaca e o colete, tira-lhe as botas e o chapéu e arranca-lhe os bigodes.)* O que me pilhar tem talento, porque mais tenho eu. *(Veste o colete e casaca sobre a sua própria roupa, calça as botas, põe o chapéu armado e arranja os bigodes. Feito isso, esconde o corpo do judas em uma das gavetas da cômoda, onde também esconde o próprio chapéu, e toma o lugar do judas.)* Agora pode vir... *(Batem.)* Ei-lo! *(Batem.)* Aí vem!

15

CENA V

[CAPITÃO e FAUSTINO, no lugar do Judas]

CAPITÃO, *entrando* – Não há ninguém em casa? Ou estão todos surdos? Já bati palmas duas vezes, e nada de novo! *(Tira a barretina e a põe sobre a mesa, e assenta-se na cadeira.)* Esperarei. *(Olha ao redor de si, dá com os olhos no judas; supõe à primeira vista ser um homem, e levanta-se rapidamente.)* Quem é? *(Reconhecendo que é um judas:)* Ora, ora, ora! E não me enganei com o judas, pensando que era um homem? Oh, oh, está um figurão! E o mais é que está tão bem feito que parece vivo. *(Assenta--se.)* Aonde está esta gente? Preciso falar com o cabo José Pimenta e... ver a filha. Não seria mau que ele [não] estivesse em casa; desejo ter certas explicações com a Maricota. *(Aqui aparece na porta da direita Maricota, que espreita, receosa. O capitão a vê e levanta-se.)* Ah!

CENA VI

[MARICOTA e os mesmos]

MARICOTA, *entrando, sempre receosa e olhando para todos os lados* – Sr. capitão!
CAPITÃO, *chegando-se para ela* – Desejei ver-te, e a fortuna ajudou--me. *(Pegando-lhe na mão:)* Mas que tens? Estás receosa! Teu pai?
MARICOTA, *receosa* – Saiu.
CAPITÃO – Que temes então?
MARICOTA *adianta-se e como que procura um objeto com os olhos pelos cantos da sala* – Eu? Nada. Estou procurando o gato...
CAPITÃO, *largando-lhe a mão* – O gato? E por causa do gato recebe--me com esta indiferença?
MARICOTA, *à parte* – Saiu. *(Para o capitão:)* Ainda em cima zanga--se comigo! Por sua causa é que eu estou nestes sustos.
CAPITÃO – Por minha causa?
MARICOTA – Sim.
CAPITÃO – E é também por minha causa que procura o gato?
MARICOTA – É, sim!
CAPITÃO – Essa agora é melhor! Explique-se...
MARICOTA, *à parte* – Em que me fui eu meter! O que lhe hei de dizer?
CAPITÃO – Então?
MARICOTA – Lembra-se...
CAPITÃO – De quê?
MARICOTA – Da... da... daquela carta que escreveu-me anteontem, em que me aconselhava que fugisse da casa de meu pai para a sua?
CAPITÃO – E o que tem?
MARICOTA – Guardei-a na gavetinha do meu espelho, e como a deixasse aberta, o gato, brincando, sacou-me a carta; porque ele tem esse costume...
CAPITÃO – Oh, mas isso não é graça! Procuremos o gato. A carta estava assinada e pode comprometer-me. É a última vez que tal me acontece! *(Puxa a espada e principia a procurar o gato.)*
MARICOTA, *à parte, enquanto o capitão procura* – Puxa a espada! Estou arrependida de ter dado a corda a este tolo. *(O capitão procura o gato atrás de Faustino, que está imóvel; passa por diante e continua a procurá-lo. Logo que volta as costas a Faustino, este mia. O capitão volta para trás repentinamente. Maricota surpreende-se.)*
CAPITÃO – Miou!

MARICOTA – Miou?!
CAPITÃO – Está por aqui mesmo. *(Procura.)*
MARICOTA, *à parte* – É singular! Em casa não temos gato!
CAPITÃO – Aqui não está. Onde, diabo, se meteu?
MARICOTA, *à parte* – Sem dúvida é algum da vizinhança. *(Para o capitão:)* Está bom, deixe; ele aparecerá.
CAPITÃO – Que o leve o demo! *(Para Maricota:)* Mas procure-o bem até que o ache, para arrancar-lhe a carta. Podem-na achar, e isso não me convém. *(Esquece-se de embainhar a espada.)* Sobre esta mesma carta desejava eu falar-te.
MARICOTA – Recebeu minha resposta?
CAPITÃO – Recebi, e a tenho aqui comigo. Mandaste-me dizer que estavas pronta a fugir para minha casa; mas que esperavas primeiro poder arranjar parte do dinheiro que teu pai está ajuntando, para te safares com ele. Isto não me convém. Não está nos meus princípios. Um moço pode roubar uma moça – é uma rapaziada; mas dinheiro é uma ação infame!
MARICOTA, *à parte* – Tolo!
CAPITÃO – Espero que não penses mais nisso, e que farás somente o que te eu peço. Sim?
MARICOTA, à parte – Pateta, que não percebe que era um pretexto para lhe não dizer que não, e tê-lo sempre preso.
CAPITÃO – Não respondes?
MARICOTA – Pois sim. *(À parte:)* Era preciso que eu fosse tola. Se eu fugir, ele não se casa.
CAPITÃO – Agora quero sempre dizer-te uma coisa. Eu supus que esta história de dinheiro era um pretexto para não fazeres o que te pedia.
MARICOTA – Ah, supôs? Tem penetração!
CAPITÃO – E se te valias desses pretextos é porque amavas a...
MARICOTA – A quem? Diga!
CAPITÃO – A Faustino.
MARICOTA – A Faustino? *(Ri às gargalhadas.)* Eu? Amar aquele toleirão? Com olhos de enchova morta, e pernas de arco de pipa? Está mangando comigo. Tenho melhor gosto. *(Olha com ternura para o capitão.)*
CAPITÃO, suspirando com prazer – Ah, que olhos matadores! *(Durante este diálogo Faustino está inquieto no seu lugar.)*
MARICOTA – O Faustino serve-me de divertimento, e se algumas vezes lhe dou atenção, é para melhor ocultar o amor que sinto por outro. *(Olha com ternura para o capitão. Aqui aparece na porta do fundo José Pimenta. Vendo o capitão com a filha, para e escuta.)*
CAPITÃO – Eu te creio, porque teus olhos confirmam tuas palavras. *(Gesticula com entusiasmo, brandindo a espada.)* Terás sempre em mim um arrimo, e um defensor! Enquanto eu for capitão da Guarda Nacional e o Governo tiver confiança em mim, hei de sustentar-te como uma princesa. *(Pimenta de-*

sata a rir às gargalhadas. Os dois voltam-se surpreendidos. *Pimenta caminha para a frente, rindo-se sempre. O capitão fica enfiado e com a espada levantada. Maricota, turbada, não sabe como tomar a hilaridade do pai.)*

CENA VII

[PIMENTA e os mesmos]

PIMENTA, *rindo-se* – O que é isto, sr. capitão? Ataca a rapariga... ou ensina-lhe a jogar à espada?
CAPITÃO, turbado – Não é nada, sr. Pimenta, não é nada... *(Embainha a espada.)* Foi um gato.
PIMENTA – Um gato? Pois o sr. capitão tira a espada para um gato? Só se foi algum gato danado, que por aqui entrou.
CAPITÃO, *querendo mostrar tranquilidade* – Nada; foi o gato da casa que andou aqui pela sala fazendo estripulias.
PIMENTA – O gato da casa? É bichinho que nunca tive, nem quero ter.
CAPITÃO – Pois o senhor não tem um gato?
PIMENTA – Não, senhor.
CAPITÃO, *alterando-se* – E nunca os teve?
PIMENTA – Nunca!... Mas...
CAPITÃO – Nem suas filhas, nem seus escravos?
PIMENTA – Já disse que não... Mas...
CAPITÃO, *voltando-se para Maricota* – Com que nem seu pai, nem a sua irmã e nem seus escravos têm gato?
PIMENTA – Mas que diabo é isso?
CAPITÃO – E no entanto... Está bom, está bom! *(À parte:)* Aqui há maroteira!
PIMENTA – Mas que história é essa?
CAPITÃO – Não é nada, não faça caso; ao depois lhe direi. *(Para Maricota:)* Muito obrigado! *(Volta-se para Pimenta:)* Temos que falar em objeto de serviço.
PIMENTA, *para Maricota* – Vai para dentro.
MARICOTA, *à parte* – Que capitão tão pedaço de asno! *(Sai.)*

CENA VIII

[CAPITÃO E JOSÉ PIMENTA]
PIMENTA vai pôr sobre a mesa a barretina. O CAPITÃO fica pensativo.

CAPITÃO, *à parte* – Aqui anda o Faustino, mas ele me pagará!
PIMENTA – Às suas ordens, sr. capitão.
CAPITÃO – O guarda Faustino foi preso?
PIMENTA – Não, senhor. Desde quinta-feira que andam dois guardas atrás dele, e ainda não foi possível encontrá-lo. Mandei-os que fossem escorar à porta da repartição e também lá não apareceu hoje. Creio que teve aviso.
CAPITÃO – É preciso fazer diligência para se prender esse guarda, que está ficando muito remisso. Tenho ordens muito apertadas do comandante superior. Diga aos guardas encarregados de o prender que o levem para os Provisórios. Há de lá estar um mês. Isto assim não pode continuar. Não há gente para o serviço com estes maus exemplos. A impunidade desorganiza a Guarda Nacional. Assim que ele sair dos Provisórios, avisem-no logo para o serviço, e se faltar, Provisório no caso, até que se desengane. Eu lhe hei de mostrar. *(À parte:)* Mariola!... Quer ser meu rival!
PIMENTA – Sim senhor, sr. capitão.
CAPITÃO – Guardas sobre guardas, rondas, manejos, paradas, diligências – atrapalhe-o. Entenda-se a esse respeito com o sargento.
PIMENTA – Deixe estar, sr. capitão.
CAPITÃO – Precisamos de gente pronta.
PIMENTA – Assim é, sr. capitão. Os que não pagam para a música, devem sempre estar prontos. Alguns são muito remissos.
CAPITÃO – Ameace-os com o serviço.
PIMENTA – Já o tenho feito. Digo-lhes que se não pagarem prontamente, o senhor capitão os chamará para o serviço. Faltam ainda oito que não pagaram este mês, e dois ou três que não pagam desde o princípio do ano.
CAPITÃO – Avise a esses, que recebeu ordem para os chamar de novo para o serviço impreterivelmente. Há falta de gente. Ou paguem ou trabalhem.
PIMENTA – Assim é, sr. capitão, e mesmo é preciso. Já andam dizendo que se a nossa companhia não tem gente, é porque mais de metade paga para a música.
CAPITÃO, *assustado* – Dizem isso? Pois já sabem?
PIMENTA – Que saibam, não creio; mas desconfiam.
CAPITÃO – É o diabo! É preciso cautela. Vamos à casa do sargento, que lá temos que conversar. Uma demissão me faria desarranjo. Vamos.
PIMENTA – Sim senhor, sr. capitão. *(Saem.)*

CENA IX

[FAUSTINO, só]
Logo que os dois saem, FAUSTINO os vai espreitar à porta por onde saíram, e adianta-se um pouco.

FAUSTINO – Ah, com que o senhor capitão assusta-se, porque podem saber que mais de metade dos guardas da companhia pagam para a música!... E quer mandar-me para os Provisórios! Com que escreve cartas, desinquietando a uma filha-família, e quer atrapalhar-me com serviço? Muito bem! Cá tomarei nota. E o que direi da menina? É de se tirar o barrete! Está doutorada! Anda a dois carrinhos! Obrigado! Acha que eu tenho pernas de enchova morta, e olhos de arco de pipa? Ah, quem soubera! Mas ainda é tempo; tu me pagarás, e... ouço pisadas... a postos! *(Toma o seu lugar.)*

CENA X

[CHIQUINHA e FAUSTINO]

CHIQUINHA *entra e senta-se à costura* – Deixe-me ver se posso acabar este vestido para vesti-lo amanhã, que é domingo de Páscoa. *(Cose.)* Eu é que sou a vadia, como meu pai disse. Tudo anda assim. Ai, ai! *(Suspirando.)* Há gente bem feliz; alcançam tudo quanto desejam e dizem tudo quanto pensam: só eu nada alcanço e nada digo. Em quem estará ele pensando! Na mana, sem dúvida. Ah, Faustino, Faustino, se tu soubesses!...
FAUSTINO, *à parte* – Fala em mim! *(Aproxima-se de Chiquinha pé ante pé.)*
CHIQUINHA – A mana, que não sente por ti o que eu sinto, tem coragem para te falar e enganar, enquanto eu, que tanto te amo, não ouso levantar os olhos para ti. Assim vai o mundo! Nunca terei valor para fazer-lhe a confissão deste amor, que me faz tão desgraçada; nunca, que morreria de vergonha! Ele nem em mim pensa. Casar-me com ele seria a maior das felicidades. *(Faustino, que durante o tempo que Chiquinha fala vem aproximando-se e ouvindo com prazer quanto ela diz, cai a seus pés.)*
FAUSTINO – Anjo do céu! *(Chiquinha dá um grito, assustada, levanta-se rapidamente para fugir e Faustino a retém pelo vestido.)* Espera!
CHIQUINHA, *gritando* – Ai, quem me acode?
FAUSTINO – Não te assustes, é o teu amante, o teu noivo... o ditoso Faustino!
CHIQUINHA, *forcejando para fugir* – Deixe-me!
FAUSTINO, *tirando o chapéu* – Não me conheces? É o teu Faustino!
CHIQUINHA, *reconhecendo-o* – Sr. Faustino!
FAUSTINO, *sempre de joelhos* – Ele mesmo, encantadora criatura! Ele mesmo, que tudo ouviu.
CHIQUINHA, *escondendo o rosto nas mãos* – Meu Deus!
FAUSTINO – Não te envergonhes. *(Levanta-se.)* E não te admires de ver-me tão ridiculamente vestido para um amante adorado.
CHIQUINHA – Deixe-me ir para dentro.
FAUSTINO – Oh, não! Ouvir-me-ás primeiro. Por causa de tua irmã eu estava escondido nestes trajos; mas prouve a Deus que eles me servissem para descobrir a sua perfídia e ouvir a tua ingênua confissão, tanto mais preciosa, quanto inesperada. Eu te amo, eu te amo!
CHIQUINHA – A mana pode ouvi-lo!
FAUSTINO – A mana! Que venha ouvir-me! Quero dizer-lhe nas bochechas o que penso. Se eu tivesse adivinhado em ti tanta candura e amor, não teria passado por tantos dissabores e desgostos, e não teria visto com meus próprios olhos a maior das patifarias! Tua mana é... Enfim, eu cá sei o que ela é, e basta. Deixemo-la, falemos só no nosso amor! Não olhes

para minhas botas... Tuas palavras acenderam em meu peito uma paixão vulcânico-piramidal e delirante. Há um momento que nasceu, mas já está grande como o universo. Conquistaste-me! Terás o pago de tanto amor! Não duvides; amanhã virei pedir-te a teu pai.
CHIQUINHA, *involuntariamente* – Será possível?!
FAUSTINO – Mais que possível, possibilíssimo!
CHIQUINHA – Oh! está me enganando... E o seu amor por Maricota?
FAUSTINO, *declamando* – Maricota trouxe o inferno para minha alma, se é que não levou minha alma para o inferno! O meu amor por ela foi-se, voou, extinguiu-se como um foguete de lágrimas!
CHIQUINHA – Seria crueldade se zombasse de mim! De mim, que ocultava a todos o meu segredo.
FAUSTINO – Zombar de ti! Seria mais fácil zombar do meu ministro! Mas, silêncio, que parece-me que sobem as escadas.
CHIQUINHA, *assustada* – Será meu pai?
FAUSTINO – Nada digas do que ouviste; é preciso que ninguém saiba que eu estou aqui incógnito. Do segredo depende a nossa dita.
PIMENTA, *dentro* – Diga-lhe que não pode ser.
FAUSTINO – É teu pai!
CHIQUINHA – É meu pai!
AMBOS – Adeus! *(Chiquinha entra correndo e Faustino põe o chapéu na cabeça, e toma o seu lugar.)*

CENA XI

[PIMENTA e ANTÔNIO DOMINGOS]

PIMENTA – É boa! Querem todos ser dispensados das paradas! Agora é que o sargento anda passeando. Lá ficou o capitão à espera. Ficou espantado com o que eu lhe disse a respeito da música. Tem razão, que se souberem, podem-lhe dar com a demissão pelas ventas. *(Aqui batem palmas dentro.)* Quem é? ANTÔNIO, *dentro* – Um seu criado. Dá licença?
PIMENTA – Entre quem é. *(Entra Antônio Domingos.)* Ah, é o sr. Antônio Domingos! Seja bem aparecido; como vai isso?
ANTÔNIO – A seu dispor.
PIMENTA – Dê cá o seu chapéu. *(Toma o chapéu e o põe sobre a mesa.)* Então, o que ordena?
ANTÔNIO, com mistério – Trata-se do negócio...
PIMENTA – Ah, espere! *(Vai fechar a porta do fundo, espiando primeiro se alguém os poderá ouvir.)* É preciso cautela. *(Cerra a porta que dá para o interior.)*
ANTÔNIO – Toda é pouca. *(Vendo o judas:)* Aquilo é um judas?
PIMENTA – É dos pequenos. Então?
ANTÔNIO – Chegou nova remessa do Porto. Os sócios continuam a trabalhar com ardor. Aqui estão dois contos *(tira da algibeira dois maços de papéis),* um em cada maço: é dos azuis. Desta vez vieram mais bem feitos. *(Mostra uma nota de cinco mil réis que tira do bolso do colete.)* Veja; está perfeitíssima.
PIMENTA, *examinando-a* – Assim é.
ANTÔNIO – Mandei aos sócios fabricantes o relatório do exame que fizeram na Caixa da Amortização, sobre as da penúltima remessa, e eles emendaram a mão. Aposto que ninguém as diferençará das verdadeiras.
PIMENTA – Quando chegaram?
ANTÔNIO – Ontem, no navio que chegou do Porto.
PIMENTA – E como vieram?
ANTÔNIO – Dentro de um barril de paios.
PIMENTA – O lucro que deixa não é mau; mas arrisca-se a pele...
ANTÔNIO – O que receia?
PIMENTA – O que receio? Se nos dão na malhada, adeus minhas encomendas! Tenho filhos...
ANTÔNIO – Deixe-se de sustos. Já tivemos duas remessas, e o senhor só por sua parte passou dois contos e quinhentos mil-réis, e nada lhe aconteceu.
PIMENTA – Bem perto estivemos de ser descobertos – houve denúncia, e o Tesouro substituiu os azuis pelos brancos.

ANTÔNIO – Dos bilhetes aos falsificadores vai longe; aqueles andam pelas mãos de todos, e estes fecham-se quando falam, e acautelam-se. Demais, quem nada arrisca, nada tem. Deus há de ser conosco.
PIMENTA – Se não for o chefe de Polícia.
ANTÔNIO – Esse é que pode botar tudo a perder; mas pior é o medo. Vá guardá-los. *(Pimenta vai guardar os maços dos bilhetes em uma das gavetas da cômoda e a fecha à chave. Antônio, enquanto Pimenta guarda os bilhetes:)* Cinquenta contos da primeira remessa, cem da segunda e cinquenta desta fazem duzentos contos; quando muito, vinte de despesa, e aí temos cento e oitenta de lucro. Não conheço negócio melhor. *(Para Pimenta:)* Não os vá trocar sempre à mesma casa: ora aqui, ora ali... Tem cinco por cento dos que passar.
PIMENTA – Já estou arrependido de ter-me metido neste negócio.
ANTÔNIO – E por quê?
PIMENTA – Além de perigosíssimo, tem consequências que eu não previa quando meti-me nele. O senhor dizia que o povo não sofria com isso.
ANTÔNIO – E ainda digo. Há na circulação um horror de milhares de contos em papel; mais duzentos, não querem dizer nada.
PIMENTA – Assim pensei eu, ou me fizeram pensar; mas já abriram-me os olhos, e... enfim, passarei ainda esta vez, e será a última. Tenho filhos. Meti-me nisto sem saber bem o que fazia. E do senhor queixo-me, porque da primeira vez abusou da minha posição; eu estava sem vintém. É a última!
ANTÔNIO – Como quiser; o senhor é quem perde. (*Batem na porta.*)
PIMENTA – Batem!
ANTÔNIO – Será o chefe de Polícia?
PIMENTA – O chefe de Polícia! Eis, aí está no que o senhor me meteu!
ANTÔNIO – Prudência! Se for a polícia, queimam-se os bilhetes.
PIMENTA – Qual queimam-se, nem meio queimam-se; já não há tempo senão de sermos enforcados!
ANTÔNIO – Não desanime. *(Batem de novo.)*
FAUSTINO, *disfarçando a voz* – Da parte da polícia!
PIMENTA, *caindo de joelhos* – Misericórdia!
ANTÔNIO – Fujamos pelo quintal!
PIMENTA – A casa não tem quintal. Minhas filhas!...
ANTÔNIO – Estamos perdidos! *(Corre para a porta a fim de espiar pela fechadura. Pimenta fica de joelhos e treme convulsivamente.)* Só vejo um oficial da Guarda Nacional. *(Batem; espia de novo.)* Não há dúvida. *(Para Pimenta:)* Psiu... psiu... venha cá.
CAPITÃO, *dentro* – Ah, sr. Pimenta, sr. Pimenta? *(Pimenta, ao ouvir o seu nome, levanta a cabeça e escuta. Antônio caminha para ele.)*
ANTÔNIO – Há só um oficial que o chama.
PIMENTA – Os mais estão escondidos.

25

CAPITÃO, *dentro* – Há ou não gente em casa?
PIMENTA *levanta-se* – Aquela voz... *(Vai para a porta e espia.)* Não me enganei! É o capitão! *(Espia.)* Ah, sr. capitão?
CAPITÃO, *dentro* – Abra!
PIMENTA – Vossa senhoria está só?
CAPITÃO, *dentro* – Estou, sim; abra.
PIMENTA – Palavra de honra?
CAPITÃO, *dentro* – Abra, ou vou-me embora!
PIMENTA, *para Antônio* – Não há que temer. *(Abre a porta; entra o capitão. Antônio sai fora da porta e observa se há alguém oculto no corredor.)*

CENA XII

[CAPITÃO e os mesmos]

CAPITÃO, *entrando* – Com o demo! O senhor a estas horas com a porta fechada!
PIMENTA – Queira perdoar, sr. capitão.
ANTÔNIO, *entrando* – Ninguém!
CAPITÃO – Faz-me esperar tanto! Hoje é a segunda vez.
PIMENTA – Por quem é, sr. capitão!
CAPITÃO – Tão calados!... Parece que estavam fazendo moeda falsa! *(Antônio estremece; Pimenta assusta-se.)*
PIMENTA – Que diz, sr. capitão? Vossa senhoria tem graças que ofendem! Isto não são brinquedos. Assim escandaliza-me. Estava com o meu amigo Antônio Domingos falando nos seus negócios, que eu cá por mim não os tenho.
CAPITÃO – Oh, o senhor escandaliza-se e assusta-se por uma graça dita sem intenção de ofender!
PIMENTA – Mas há graças que não têm graça!
CAPITÃO – O senhor tem alguma coisa? Eu o estou desconhecendo!
ANTÔNIO, *à parte* – Este diabo bota tudo a perder! *(Para o capitão:)* É a bílis que ainda o trabalha. Estava enfurecido comigo por certos negócios. Isto passa-lhe. *(Para Pimenta:)* Tudo se há de arranjar. *(Para o capitão:)* Vossa senhoria está hoje de serviço?
CAPITÃO – Estou de dia. *(Para Pimenta:)* Já lhe posso falar?
PIMENTA – Tenha a bondade de desculpar-me. Este maldito homem ia-me fazendo perder a cabeça. *(Passa a mão pelo pescoço, como quem quer dar mais inteligência ao que diz.)* E vossa senhoria também não contribuiu pouco para eu assustar-me!
ANTÔNIO, *forcejando para rir* – Foi uma boa caçoada!
CAPITÃO, *admirado* – Caçoada! Eu?!
PIMENTA – Por mais honrado que seja um homem, quando se lhe bate à porta e se diz: "Da parte da polícia", sempre se assusta.
CAPITÃO – E quem lhe disse isto?
PIMENTA – Vossa senhoria mesmo.
CAPITÃO – Ora, o senhor, ou está sonhando, ou quer se divertir comigo.
PIMENTA – Não foi vossa senhoria?
ANTÔNIO – Não foi vossa senhoria?
CAPITÃO – Pior é essa! Sua casa hoje anda misteriosa. Há pouco era sua filha com o gato; agora é o senhor com a polícia... *(À parte:)* Aqui anda tramoia!

ANTÔNIO, à parte – Quem seria?
PIMENTA, assustado – Isto não vai bem. *(Para Antônio:)* Não sai daqui antes de eu lhe entregar uns papéis. Espere! *(Faz semblante de querer ir buscar os bilhetes; Antônio o retém.)*
ANTÔNIO, para Pimenta – Olhe que se perde!
CAPITÃO – E então? Ainda não me deixaram dizer ao que vinha. *(Ouve-se repique de sinos, foguetes, algazarra, ruídos diversos como acontece quando aparece a Aleluia.)* O que é isto?
PIMENTA – Estamos descobertos!
ANTÔNIO, gritando – É a Aleluia que apareceu. *(Entram na sala, de tropel, Maricota, Chiquinha, os quatro meninos e os dois moleques.)*
MENINOS – Apareceu a Aleluia! Vamos ao judas!... *(Faustino, vendo os meninos junto de si, deita a correr pela sala. Espanto geral. Os meninos gritam e fogem de Faustino, o qual dá duas voltas ao redor da sala, levando adiante de si todos os que estão em cena, os quais atropelam-se correndo e gritam aterrorizados. Chiquinha fica em pé junto à porta por onde entrou. Faustino, na segunda volta, sai para a rua, e os mais, desembaraçados dele, ficam como assombrados. Os meninos e moleques, chorando, escondem-se debaixo da mesa e cadeiras; o capitão, na primeira volta que dá fugindo de Faustino, sobe para cima da cômoda; Antônio Domingos agarra-se a Pimenta, e rolam juntos pelo chão, quando Faustino sai; e Maricota cai desmaiada na cadeira onde cosia.)*
PIMENTA, rolando pelo chão, agarrado com Antônio – É o demônio!...
ANTÔNIO – Vade-retro, Satanás! *(Estreitam-se nos braços um do outro e escondem a cara.)*
CHIQUINHA chega-se para Maricota – Mana, que tens? Não fala; está desmaiada! Mana? Meu Deus! Sr. capitão, faça o favor de dar-me um copo com água.
CAPITÃO, de cima da cômoda – Não posso lá ir!
CHIQUINHA, à parte – Poltrão! *(Para Pimenta:)* Meu pai, acuda-me! *(Chega-se para ele e o chama, tocando-lhe no ombro.)*
PIMENTA, gritando – Ai, ai, ai! *(Antônio, ouvindo Pimenta gritar, grita também.)*
CHIQUINHA – E esta! Não está galante? O pior é estar a mana desmaiada! Sou eu, meu pai, sou Chiquinha; não se assuste. *(Pimenta e Antônio levantam-se cautelosos.)*
ANTÔNIO – Não o vejo!
CHIQUINHA, para o capitão – Desça; que vergonha! Não tenha medo. *(O capitão principia a descer.)* Ande, meu pai, acudamos a mana. *(Ouve-se dentro o grito de leva! leva! como costumam os moleques, quando arrastam os judas pelas ruas.)*
PIMENTA – Aí vem ele!... *(Ficam todos imóveis na posição em que os surpreendeu o grito, isto é, Pimenta e Antônio ainda não de todo levantados;*

o capitão com uma perna no chão e a outra na borda de uma das gavetas da cômoda, que está meio aberta; Chiquinha esfregando as mãos de Maricota para reanimá-la, e os meninos nos lugares que ocupavam. Conservam-se todos silenciosos, até que se ouve o grito exterior – Morra! – em distância.) CHIQUINHA, enquanto os mais estão silenciosos – Meu Deus, que gente tão medrosa! E ela neste estado! O que hei de fazer? Meu pai? Sr. capitão? Não se movem! Já tem as mãos frias... (Aparece repentinamente à porta Faustino, ainda com os mesmos trajos; salta no meio da sala e vai cair sentado na cadeira que está junto à mesa. Uma turba de garotos e moleques armados de paus entram após ele, gritando: – Pega no judas, pega no judas! – Pimenta e Antônio erguem--se rapidamente e atiram-se para a extremidade esquerda do teatro, junto aos candeeiros da rampa; o capitão sobe de novo para cima da cômoda; Maricota, vendo Faustino na cadeira, separado dela somente pela mesa, dá um grito e foge para a extremidade direita do teatro; e os meninos saem aos gritos de debaixo da mesa, e espalham-se pela sala. Os garotos param no fundo junto à porta e, vendo se em uma casa particular, cessam de gritar.)
FAUSTINO, caindo sentado – Ai, que corrida! Já não posso! Oh, parece-me que por cá ainda dura o medo. O meu não foi menor vendo esta canalha. Safa, canalha! (Os garotos riem-se e fazem assuada.) Ah, o caso é esse? (Levanta-se.) Sr. Pimenta? (Pimenta, ouvindo Faustino chamá-lo, encolhe-se e treme.) Treme? Ponha-me esta corja no olho da rua... Não ouve?
PIMENTA, titubeando – Eu, senhor?
FAUSTINO – Ah, não obedece? Vamos, que lhe mando – da parte da polícia... (Disfarçando a voz como da vez primeira.)
ANTÔNIO – Da parte da polícia!... (Para Pimenta:) Vá, vá!
FAUSTINO – Avie-se! (Pimenta caminha receoso para o grupo que está no fundo, e com bons modos o faz sair. Faustino, enquanto Pimenta faz evacuar a sala, continua a falar. Para Maricota:) Não olhe assim para mim com os olhos tão arregalados. que lhe podem saltar fora da cara. De que serão esses olhos? (Para o capitão:) Olá, valente capitão! Está de poleiro? Desça. Está com medo do papão? Hu! hu! Bote fora a espada, que lhe está atrapalhando as pernas. É um belo boneco de louça! (Tira o chapéu e os bigodes, e os atira no chão.) Agora ainda terão medo? Não me conhecem?
TODOS, exceto Chiquinha – Faustino!
FAUSTINO – Ah, já! Cobraram a fala! Temos que conversar. (Põe uma das cadeiras no meio da sala e senta-se. O capitão, Pimenta e Antônio dirigem-se para ele enfurecidos; o primeiro coloca-se à sua direita, o segundo à esquerda e o terceiro atrás, falando todos três ao mesmo tempo. Faustino tapa os ouvidos com as mãos.)
PIMENTA – Ocultar-se em casa de um homem de bem, de um pai de família, é ação criminosa: não se deve praticar! As leis são bem claras; a casa do cidadão é inviolável! As autoridades hão de ouvir-me; serei desafrontado!

ANTÔNIO – Surpreender um segredo é infâmia! E só a vida paga certas infâmias, entende? O senhor é um mariola! Tudo quanto fiz e disse foi para experimentá-lo. Eu sabia que estava ali oculto. Se diz uma palavra, mando-lhe dar uma arrochada.
CAPITÃO – Aos insultos respondem-se com as armas na mão! Tenho uma patente de capitão que deu-me o governo, hei de fazer honra a ela! O senhor é um covarde! Digo-lhe isto na cara; não me mete medo! Há de ir preso! Ninguém me insulta impunemente! *(Os três, à proporção que falam, vão reforçando a voz e acabam bramando.)*
FAUSTINO – Ai! ai! ai! ai! que fico sem ouvidos.
CAPITÃO – Petulância inqualificável... Petulância!
PIMENTA – Desaforo sem nome... Desaforo!
ANTÔNIO – Patifaria, patifaria, patifaria! *(Faustino levanta-se rapidamente, batendo com os pés.)*
FAUSTINO, *gritando* – Silêncio! *(Os três emudecem e recuam)* que o deus da linha quer falar! *(Assenta-se.)* Puxe-me aqui estas botas. *(Para Pimenta:)* Não quer? Olhe que o mando da parte da... *(Pimenta chega-se para ele.)*
PIMENTA, *colérico* – Dê cá!
FAUSTINO – Já! *(Dá-lhe as botas a puxar.)* Devagar! Assim... E digam lá que a polícia não faz milagres... *(Para Antônio:)* Ah, senhor meu, tire-me esta casaca. Creio que não será preciso dizer da parte de quem... *(Antônio tira-lhe a casaca com muito mau modo.)* Cuidado; não rasgue o traste, que é de valor. Agora o colete. *(Tira-lho.)* Bom.
CAPITÃO – Até quando abusará da nossa paciência?
FAUSTINO, *voltando-se para ele* – Ainda que mal lhe pergunte, o senhor aprendeu latim?
CAPITÃO, *à parte* – Hei de fazer cumprir a ordem de prisão. *(Para Pimenta:)* Chame dois guardas.
FAUSTINO – Que é lá isso? Espere lá! Já não tem medo de mim? Então há pouco quando se empoleirou era com medo das botas? Ora, não seja criança, e escute... (Para Maricota:) Chegue-se para cá. *(Para Pimenta:)* Ao sr. José Pimenta do Amaral, cabo-de-esquadra da Guarda Nacional, tenho a distinta de pedir-lhe a mão de sua filha a sr.ª da. Maricota... ali para o sr. Antônio Domingos.
MARICOTA – Ah!
PIMENTA – Senhor!
ANTÔNIO – E esta!
FAUSTINO – Ah, não querem? Torcem o focinho? Então escutem a história de um barril de paios, em que...
ANTÔNIO, *turbado* – Senhor!
FAUSTINO, *continuando* – ...em que vinham escondidos...

ANTÔNIO *aproxima-se de Faustino e diz-lhe à parte* – Não me perca! Que exige de mim?
FAUSTINO, *à parte* – Que se case, e quanto antes, com a noiva que lhe dou. Só por este preço guardarei silêncio.
ANTÔNIO, *para Pimenta* – Sr. Pimenta, o senhor ouviu o pedido que lhe foi feito; agora o faço eu também. Concede-me a mão de sua filha?
PIMENTA – Certamente... é uma fortuna... não esperava... e...
FAUSTINO – Bravo!
MARICOTA – Isto não é possível! Eu não amo ao senhor!
FAUSTINO – Amará.
MARICOTA – Não se dispõe assim de uma moça! Isto é zombaria do senhor Faustino!
FAUSTINO – Não sou capaz!
MARICOTA – Não quero! Não me caso com um velho!
FAUSTINO – Pois então não se casará nunca; porque vou já daqui gritando *(gritando:)* que a filha do cabo Pimenta namora como uma danada; que quis roubar... *(Para Maricota:)* Então, quer que continue, ou quer casar-se?
MARICOTA, *à parte* – Estou conhecida! Posso morrer solteira... Um marido é sempre um marido... *(Para Pimenta:)* Meu pai, farei a sua vontade.
FAUSTINO – Bravíssimo! Ditoso par! Amorosos pombinhos! *(Levanta-se, toma Maricota pela mão e a conduz para junto de Antônio, e fala com os dois à parte:)* Menina, aqui tem o noivo que eu lhe destino: é velho, baboso, rabugento e usurário – nada lhe falta para sua felicidade. É este o fim de todas as namoradeiras: ou casam com um gebas como este, ou morrem solteiras! *(Para o público:)* Queira Deus que aproveite o exemplo! *(Para Antônio:)* Os falsários já não morrem enforcados; lá se foi esse bom tempo! Se eu o denunciasse, ia o senhor para a cadeia e de lá fugiria, como acontece a muitos da sua laia. Este castigo seria muito suave... Eis aqui o que lhe destino. *(Apresentando-lhe Maricota:)* É moça, bonita, ardilosa, e namoradeira; nada lhe falta para seu tormento. Esta pena não vem no Código; mas não admira, porque lá faltam outras muitas coisas. Abracem-se, em sinal de guerra! *(Impele um para o outro.)* Agora nós, sr. capitão! Venha cá. Hoje mesmo quero uma dispensa de todo o serviço da Guarda Nacional! Arranje isso como puder; quando não, mando tocar a música... Não sei se me entende?...
CAPITÃO – Será servido. *(À parte:)* Que remédio; pode perder-me!
FAUSTINO – E se de novo bulir comigo, cuidado! Quem me avisa... Sabe o resto! Ora, meus senhores e senhoras, já que castiguei, quero também recompensar. *(Toma Chiquinha pela mão e coloca-se com ela em frente de Pimenta, dando as mãos como em ato de se casarem.)* Sua bênção, querido pai Pimenta, e seu consentimento!

31

PIMENTA – O que lhe hei de eu fazer, senão consentir!
FAUSTINO – Ótimo! *(Abraça a Pimenta e dá-lhe um beijo. Volta-se para Chiquinha:)* Se não houvesse aqui tanta gente a olhar para nós, fazia-te o mesmo... *(Dirigindo-se ao público:)* Mas não o perde, que fica guardado para melhor ocasião.

FIM